별들이 소풍 와서 꽃으로 피어 있네

이향영Lisa Lee 시집 별들이 소풍 와서 꽃으로 피어 있네

1판 1쇄 펴낸날 2021년 11월 26일
지은이 이향영Lisa Lee
펴낸이 이재무
책임편집 박은정
편집 디자인 민성돈, 장덕진
펴낸곳 (주)천년의시작
등록번호 제301-2012-033호
등록일자 2006년 1월 10일
주소 (03132) 서울시 종로구 삼일대로32길 36 운현신화타워 502호
전화 02-723-8668
팩스 02-723-8630
홈페이지 www.poempoem.com
이메일 poemsijak@hanmail.net

ISBN 978-89-6021-601-3 03810

값 10,000원

별들이 소풍 와서 꽃으로 피어 있네

이향영Lisa Lee

천년의 시작

이 시대 축복된 삶은

만나는 사람들은
가슴속 구멍이 허공이 되고
삶이 우울을 키우는 것은 수상한
이 시대의 변화 탓이라고 합니다

외로움은 인간의 본질이라
고독이란 관계의 둘레에서
서로가 배신을 주고받으며 살아도
견딜 수 있는 것은
기댈 희망이 있기 때문입니다

부정적인 마인드의 DNA*를 끄고
긍정적인 마인드의 DNA를 켜고
건강을 소유하면 천하를 얻은 것
저는 건강을 챙기기 위해
유전자를 켜는 삶을 선택했습니다

한부모가정이 많은 자연스런 이 시대

싱글 대디 싱글 마미는
삶이 가시밭을 걷는 길이라 해도
본능에 충실하고 내일을 의지해서
꿈을 실천하며 굳세게 살아갑니다

외로움은 살아 있는 기쁨이고
힘든 의무는 가족이 있다는 즐거움이고
그 어떤 위치에서든 작은 것에도
감사와 사랑을 나누는 것은
행복을 완성해 가는 뜻깊은 삶입니다

해운대 바다를 떠도는 구름처럼 외로움이
온몸에 스며들어도 숨 쉴 수 있는 축복은
정직한 최선의 꿈이 있기에 저는,
제게 허락된 감사와 사랑의 미소로
오늘도 나눔의 희망을 건축하려 합니다

해운대 파도와 놀며
2021년 가을

* 이상구, 『질병을 다스리는 DNA 자연치유 본능』, 2013.

차례

시인의 말

함께 있고 싶은 한 사람

아가야, 괜찮아 엄마가 있으니

미혼모 원조 성모인가

빛의 은총으로 가는 길

나는 참 행복한 사람이지

함께 있고 싶은 한 사람

꽃비 사랑

하늘 바람 불면
눈처럼 하늘하늘 내리는 비

꽃잎으로
뿌려지는 향기

그대 사랑 그리워
꽃잎으로 내리는
비의 속삭임

엄마가 품은 잠자는 요람
아가는 평화의 나라에서
환한 동그라미를 그리는

꽃비 사랑은 꿈속
아가와 엄마의 랑데부!

꿈속 꽃밭

하늘 언덕 무지개 꽃밭
한가운데
하이얀 집 하나

아가와 엄마가 다정히
살고 있는 집
꽃들의 향연

수천 종류의 꽃이 피어 있는
캐나다 빅토리아
부차트 가든처럼
그림이 걸린 꽃동산 집

아가와 엄마는
수만 종류의 꽃과 함께
서로 바라보며
행복 짓는 꽃 미소

엄마와 아가의 인연은
알파요 오메가인 것을
처음부터 끝까지 가는 사랑

깨고 싶지 않는 꽃 꿈
천국의 찬란한 꽃밭
아가와 엄마의 웃음꽃 집

아, 당신은 어디에

내가 엄마 안에 있을 때부터
그리웠던 아빠의 목소리
사랑으로 어루만지는 손길을

그때부터 아빠를 기다렸지만
내 숨소리에 귀 기울여 들어 줄
아 당신은 어디에 계시나요?

저만의 별나라에서부터
아빠를 그리워했죠

험한 세상에서 아픔을 달래며
나를 출생시킨 위대한 엄마

예수 탄생의 구유 같은 집에서
저를 지키려는 울 엄마의 슬픔을
저를 지키려는 울 아빠의 슬픔을
바라보는 제 마음을 아프게 해요

저는 아직 힘이 없고
엄마가 너무 가여워요
아빠가 너무 가여워요
하지만 훌륭한 아빠고 엄마예요

아빠 엄마 저희가 사랑해 줄게요
아빠 엄마 어서 돌아와 주면 안 돼요
아빠 엄마 아빠가 너무나 그리워요
아빠 엄마 당신은 지금 어디 계시나요

별님 왕자 달님 공주

왕자 별이 수많은
별을 거느리고
은하수 지휘봉으로
우주를 지휘하는
아름다운 음률
온
천체를 붉게 물들이는
이곳은 별들의 왕국

왕자 별이 지키는
거대한 우주의 무대
사랑이 물드는 고운 밤

왕자 별 지휘봉 내리고
달님 공주의 미소를
가슴에 품은 밤

왕자 별님이 내미는 손잡고

금빛 은빛이 춤추는
우주의 들판에서

별님 왕자와 달님 공주
달콤한 사랑을 속삭이는
우리 아가 꿈속 동화 이야기

달님이 된 공주

달님 별님 꿈을 꾸며
잠든 우리 아가 얼굴은
우주의 그림을 그리네

왕자를 따라
별나라로 간 공주
왕자 곁에 살고픈
간절한 공주의 기도

꿈이 실현되어
공주는 달님이 되고

늘 별님 왕자 곁에 있는
은빛 달님 공주
왕자 별님 곁에
찬란한 빛 달님 공주

별님 달님 함께 떠나는

수천억 년 우주여행

우리 아가의 꿈도 쑥쑥

하늘까지 자라가네

별빛에 물든 우리 아가 얼굴

달님이 속삭여요 사랑한다고~

그리움이 마르기 전에

아무리 보고 싶고 원망스러워도
아빠를 미워해서는 안 된대요
유튜브 대학에서 배웠다는
엄마의 가르침이 생각이 나요

'When you judge another
you do not define them
you define yourself'

아빠를 나쁜 사람으로
판단하면 안 된대요
무슨 사정이 있겠지 하면서
오늘도 내일도 어제도
저희는 아빠를 기다리고 있죠

그리움이 마르기 전에
아빠가 지워지기 전에
다른 친구들처럼 아빠라고

부르고 또 부르고 싶은
우리 아빠 부르고 싶은 우리 아빠

엄마와 제 곁으로
아빠와 제 곁으로
그리움이 퇴색하기 전에
어서 돌아와 주면 안 되나요
지금 돌아와 주면 안 되나요

아빠 엄마 돌아와 주세요

Weeping Woman[*]

아빠 들리시나요?
엄마가 만드는 빗물 소리요

아빠 보이시나요
화려했던 엄마의 시절은 지워지고
피카소의 그림 속에 등장하는
'우는 여인(Weeping Woman)'이 된
제 엄마가 보이시나요

제가 엄마 배 안에 있을 때
엄마는 나를 쓸어안으며
울고 또 울고 자꾸만 울었고

우리 엄마는 빗물을 만드는
큰 공장인 줄 알고 견디노라면
그 리듬이 너무나 슬퍼서

엄마의 세상엔 구슬픈

비만 내리는 줄 알았죠

우리 엄마의 빗물은
Weeping Woman의 눈물처럼
그칠 줄 몰라요

아빠가 와서 닦아 주세요
엄마의 눈물을 마르게 할 사람은
오직 아빠밖에 난 몰라요

아빠 이제 그만 돌아와 주세요
아빠 이제 그만 돌아와 주세요
하느님, 제 기도를 들어주세요

* 〈Weeping Woman〉: 피카소, 1937.

벚꽃은 마술쟁이

벚꽃은 마술쟁이
짧은 생을 미련 없이
바람에 흩날리며 떠나네

아가야 저 꽃잎 좀 보렴
빛으로 춤추며
하늘로 날아오르는
흰나비의 작은 몸짓

자연은 비밀의 대사전이지
때로는 호수에 살포시 내려앉아
낮별로 뜨는 자태

꽃잎이 말을 하네
"나를 사랑해 주어 고마워"
고운 미소로 춤추며
"내년에 꼭 다시 올게"

미련 없이 떠나는
흰나비와 분홍 별꽃
친구가 되어
다른 세상으로 가는

벚꽃은 마술쟁이
하늘 가는 길을
핑크빛으로 밝히네

아가야 우리도 자연을 즐기자
아가야 우리도 자연을 배우자

꽃과 너의 대화

향기가 부르는 달콤함

고운 미소로 핀
너를 보고 있노라면
나는 참 행복한 사람이지

너무 예쁘고 사랑스러워
보고 있는 내게
너는 달콤함으로 속삭여 주네

참말로 예쁘네, 너무 사랑스럽네
내게 하는 이 말은
그 말을 하는 네가 가슴이 따뜻하고
예뻐서 자기에게 하는 말이지

착한 꽃은 마음이 고와
인사마저 선물로 돌려주네

꽃 앞에 부끄러워
너처럼 곱고 예쁘고 싶어
절로 고개가 숙여지네

사랑하는 우리 아가야
우리도 꽃처럼
사람들에게 치유의 향기를 주는
그런 사람으로 성숙해 가자

별이 쏟아진 들판

사랑하는 아가야
저기 들판을 보려무나
별들이 소풍 와서
꽃으로 피어 있네

노랑 별 보라 별 분홍 별
오색 물감 옷을 갈아입고
우리 아가 보고
방긋 방실 웃고들 있네

봄 들판의 꽃이 향긋하고
별들이 빛의 향기로 다정해도
우리 아가 웃음만 못하지

우리 아가 눈망울에 별이 뜨고
우리 아가 웃음은 노래하는 꽃잎
큰 별이 된 우리 아가의 내일

온 들판에

우리 아가의 웃음이 황금색이네

우리 아가의 웃음이 우주를 켜네

새집 줄게 헌 집 다오*

사랑하는 우리 아가야
살아가는 길이 평탄치 않고
넘어져 힘이 들 때
그냥 견디려 애쓰지 말거라

'상담은 부처님의 가르침과 하나'
지오 스님을 찾아 상담을 받고
네 헌 집은 지오 스님께 드리고
새집을 선물로 받고 힘을 내거라

사랑하는 우리 아가야
넘어지고 쓰러져도 다시
털고 일어나면 우리 아가는
홀쩍홀쩍 자라 성숙하게 되지

지오 스님처럼 사람을 살리는
훌륭한 컨설팅 일을 하는 것 어떨지
우리 아가가 좋아하고 원하는 일 하면

보람과 기쁨이 배가 되겠지

고해의 헌 집은 벗어 버리고
새 마음에 낙원을 건설하기요

* 지오 스님, 『새집 줄게 헌집 다오』, 2017.

셈 치고 1

우리 엄마는
하늘처럼 나의 지붕이고
산 같은 나의 울타리이고
홀로 힘이 들어도 내색 않고
저를 위해 온갖 고생을 마다 않고
키워 주시는 우리 엄마
맨날 고맙고 감사해요

아빠는 없어도 있다고 셈 치고
엄마를 위해서 당당히 살 것을
엄마에게 약속할게요

미스터트롯 진 임영웅도
미스트롯 2에 출전한 윤태화도
엄마 혼자서 훌륭히 키웠대요

저도 부끄럽지 않는
엄마의 자식으로 커서

사회와 나라 이웃에 행복을 주는
그런 사람이 될래요

자랑스러운 우리 엄마 힘내세요
존경스러운 우리 엄마 당당하세요
사랑하는 우리 엄마 제가 얼른 자라서
엄마의 외롭지 않는 의지가 될게요

엄마를 위해 큰 나무의 그늘이 되고
엄마가 편히 쉴 수 있는 언덕이 될게요
엄마 사랑해요 영원히~ 영원히~

셈 치고 2

우리 아가야
엄마는 남편이 없어도
우리 아가처럼 있다고 셈 치고
있다고 셈 치고 살고 있지요

우리 아가를 보면 없던 힘도 생겨나지요
엄마의 남편은 우리 아가이지요

우리 아가만 있으면
세상에 부러울 것이 없고
엄마는 외롭지 않은
꿈과 희망으로 용기가 솟지요

방긋 벙긋 웃는 네 미소는
우주의 비밀을 끌어와
엄마에게 커다란 에너지를 주지요

아가야! 태양 닮은 우리 아가야

우리 약속하자꾸나
부재하는 아빠를 있는 셈 치고
부재하는 남편을 있는 셈 치고
우린 열정으로 살길 약속해요

지금 비어 있는 아빠의 의자가
지금 비어 있는 남편의 의자가
그리 오래 비어 있지 않을 테니

우리 아가야
우리 기다림의 미덕을 사랑해요
누구나 기다림이 있는 삶은
꿈이 있지요
기다림은 행복이지요

네 존재만으로도

이 세상에 둘도 없는 우리 아가야
너는 이미 엄마의 의지이고
엄마의 생명이고
엄마의 평생 약속이고
엄마가 살아갈 수 있는
유일한 존재이고 이유이지

세상에 수많은 보석이 있지만
엄마는 네가 최고의 보물이지
때로는 귀한 보석도 지키기가
너무나 부담스럽고 힘들 때도 있지

엄마 최애의 보석을 기부하듯
탐내는 자에게 줄까도 생각했지
아니, 너무 아까워 줄 수는 없고
엄마가 껴안고 바다나 산속에
깊이, 깊이 숨어 버릴까 생각했는데

엄마의 무의식이 깨어나서

매질을 하며 호통을 쳤지
어찌 네가 너 자신을 헤치려 하느냐
죄 중에 큰 죄를 짓는 행위는
사회에 영원한 악을 뿌리는 거라고

사랑하는 우리 아가야
잡신이 순간 엄마를 흔들었을 뿐
엄마는 우리 아가 덕분에
매일 기쁨을 누리고 살지
까르르 우리 아가 웃음은
엄마를 매 순간 꽃밭에 살게 하지

사랑하는 우리 아가야
엄마는 네 존재만으로도
행복을 넘치도록 경험하지
정말 고맙고 또 미안하고
지금부터 더 많이 사랑할게요
앞으로 더 많이 사랑할게요

바다의 위안

오랜만에 홀로 걷고 걷는
엄마의 바닷가
수평선이 울고 있네
늘 누워만 있으니
너무나도 외로운가 보다

저기 오륙도가 있고
배들이 오가고
갈매기들 자유롭게 날고
파도는 음악을 연주하고
겨울 모래밭 홀로 걷는 사람들
바다의 위안 받으며 걷고 있네

겨울 바다를 혼자 걷는 사람들
외롭지 않는 사람 누구일까
아프지 않을 사람 누구일까

바다는 시원한 바람을 일으켜

멍든 가슴을 뻥 뚫어 주지만
바다에 묶인 수평선과 파도는
그대로의 위치에서 인내를 가르치고

아가야 추워서 너를 못 데리고 왔어
잠시도 너랑은 떨어지고 싶지 않는데

바다에 묶인 섬 같은 답답함을
파도는 내 맘을 울어 주는 친구

사랑하는 우리 아가야
다만, 한나절인데
때로는 지겹기도 했던 시간이
너를 벗어나도 네가 더 그리워

엄마 지금 네게로 달려갈게
엄마의 가슴이 눈으로
너를 보고파 하거든

너를 만지고 싶고 안고 싶어
네 미소 속으로 스미고 싶어

엄마의 위안은 네가 으뜸이야

아너소사이어티 회원

사랑하는 엄마의 아가야
신의 도움으로 엄마는
아주 운이 좋게
아너소사이어티 회원이 됐고
이젠 봉사할 자격이 주어졌고

시간이 엄마를 선택해 주면
우리 아가랑 고아원과 양로원
홀로 계신 노인들이 외롭게 지내는 곳으로
우리 아가를 예뻐해 줄
그분들을 만나러 가자

할머니 할아버지들
우리 아가를 보면 얼마나 귀여워할까
외로운 우리 할머니 할아버지
우리가 만나 뵙고 기쁘고 즐겁게 해 드리자

고아원에는 아빠와 엄마가 없는

친구들이 많지 우리 아가는
형들과 누나들 그리고 동생들과
만나서 재미있게 놀 수 있고
엄마는 무슨 일이든 도울 수 있고

아아~
아너소사이어티 봉사회 덕분에
우리 아가는 사랑하는
정이 넘치는 가족이 생겼지

사랑하는 우리 아가야
엄마와 함께 봉사란 나무를
우리 몸과 마음에 심고
사랑을 건축하는 삶을 선택하자

사랑 나무 자라서
우주에 외로운 사람이 없는
늘푸른나무가 되고 광장이 되자

찬란한 꽃을 피우자 우리 아가야

아너소사이어티 사랑 나무에는
세상이 필요로 할 때 나누어 줄 열매가
하늘의 별만큼 주렁주렁 달려 있네
우리가 따서 필요한 곳으로 보내 주자

아가야 사회가 필요로 하는 곳으로 가서
아픈 사람들에게 웃음 약이 되고
외로운 사람들에게 정이 담긴 스토리가 되고
아너소사이어티에 열린 사랑 열매를 선물하자

아가야, 괜찮아 엄마가 있으니

어떤 가치

명예보다 값지다
돈보다 값지다
아빠는 없어도 있다고 생각하고
엄마는 없어도 있다고 생각하고

오직 너는 엄마의 분신이고
오직 너는 아빠의 분신으로
이 세상에 하나뿐인 존재니까

사랑하는 우리 아가야
아빠가 없어도 괜찮아
엄마가 없어도 괜찮지
돈이 없어도 견딜 수 있단다

클린턴 전 미국 대통령처럼
오바마 전 미국 대통령처럼
세상을 손바닥에 담은 스티브 잡스처럼
엄마 혼자서도 훌륭히 키울 수 있지

엄마가 디지털 기술을 익히고
열정적으로 일을 해서
우리 아가 뒷바라지 다 할 테니
우리 아가는 싱글벙글 웃으며
건강하게 자라기만 하면 되지

엄마의 지붕 안에 있으면
엄마의 울타리 안에 있으면
엄마 사랑 안에 있으면
우리 아가에게
희망은 행복으로 열리지

어떤 의미도 생명보다 가치가 없고
어떤 의미도 사랑보다 가치가 없고
우리 함께 사는 것이 큰 의미고 가치지

사랑하는 우리 아가야
아빠는 없어도 있다고 치고

엄마는 없어도 있다고 치고

엄마에게 아가와 일이 최고지만
그분께서 주신 생명이 우선이지
그분께서 선물로 주신 우리 아가는

엄마의 생명이지
아빠의 생명이지
우주의 보물이지

당신의 힘이 된 한마디

그녀가 생생한 경험에서 쓴
『이 한마디가 나를 살렸다』*

이 책 한 권을 씹어서 읽고
내 안에 자라게 한다면
그대를 살리는 일은
산 위에서 깃발을 흔들 수 있는
성공을 일구게 되겠지요

미국에 오프라 윈프리가 있다면
한국에 김미경 스타 강사가 있잖아요
흑암 속에서 빛을 찾고
진흙에서 아름다운 연꽃을 피운
두 분 롤 모델 언니들 바라보며
우리도 할 수 있지요

'출산의 고통을 잊을 만큼 아이 때문에 행복하고
책을 쓸 때의 괴로움을 잊을 정도로

책 쓰는 과정이 즐거워요
행복과 불행은 대립되는 감정이 공존할 때
비로소 내 삶의 의미를 만날 수 있어요'

심지 않으면 거둘 수 없듯
'my motto is no pains no gains
고통 없이는 결과도 없다'고 제게 말하죠

의미 있게 사는 일이 잘 사는 길이지요
의미 있는 삶이 곧 행복한 삶이지요
저어기 피땀으로 일군 성공의 깃발
행복의 꽃잎 되어 펄럭이네요

오늘 이 순간 척박한 마음에
꽃씨를 뿌리듯 내 삶을 심지요

＊ 김미경, 『이 한마디가 나를 살렸다』, 2020.

읽고 실천하면 싹이 자라듯

외국 작가들의 책도 유용하지만
한국 작가들이 쓴 자기 계발서 중
『이 한마디가 나를 살렸다』는
문장마다 머물고 싶은 곳이
행간마다 생각을 심을 곳이
너무나 많았지요

'책을 읽는다는 건 나를 읽는다는 거예요
나의 성장을 멈추지 않는다는 거예요
그래서 열심히 살다가 멈춘 사람이든
다시 시작하고 싶은 사람이든 책을 읽다 보면
인생의 터닝 포인트를 발견하게 될 거예요

때로는 책이 나를 살리는 귀인이 되기도 합니다

책을 읽어서 배우는 건 절반에 불과해요
현장에서 사람을 만나고 배워야 비로소
나머지 절반이 채워집니다

책에는 없는 살아 있는 배움은
사람을 통해서만 얻을 수 있어요'

머리로 얻은 지식 가슴으로 나누면
배가 되어 하늘 높이 자라겠지요?
우리의 꿈이 영글어 가는 저 소리
우주 가득 날개가 펄럭이는 소리

성장을 위한 깊은 묵상일까요
우리는 무엇이든 할 수 있으니까요

읽고 쓰고 실천하면 파란 싹이
저렇게 고물고물 올라오네요
봄의 창고가 우리에게 문을 열고
기다리는 저 우주를 향해서요

REBOOT*

코로나로 멈춘 나를 다시 일으켜 세우는 법
언택트 시대에 온택트로 사는 일
어떻게 우리는 재시동할 것인가

가정에서 인디펜던트로 가능한 일을
찾는 길은 '리부트 시나리오를 쓰고
실행을 습관으로 실패해 보고 수정하는 것
꿈은 결핍으로 시작했지만, 이번에는
결핍보다 절실함으로 시작해야 한다'

사랑하는 아가야
리부트에서 작가가 한 말처럼
엄마랑 함께 우리의 리부트 시나리오를 쓰자
온택트로 사는 일을 찾아내자

베이비시트는 어떨까?
우리 아가에게 친구도 생기고
집에서 엄마랑 있으면서

다른 아가들이랑 놀이와 공부도 하고

우리 아가를 위해서 엄마는
배우고 실천하는 일에 게으르지 않고
포스트 코로나 시대에 생존하기 위해
디지털과 내 일을 합체하는 과정을 거쳐
우리 아가랑 당당히 살 거야

지금은 마스크를 쓰고 밖에 나가지만
곧 성장할 내일이 우릴 기다리고 있어
우리 아가야 조금만 더 견디자
어른들의 욕망이 결국 마스크를 쓰고
사는 시대를 만들어서 미안하다

미안하다 우리 아가야
리부트로 다시 일어나자

* 김미경, 『Reboot』, 2021.

아빠 신현준

2020년 7월 12일 일요일 저녁
'슈퍼맨이 돌아왔다'
KBS2 TV 프로그램을 보았다

늦게 결혼을 해서일까
다른 아빠들도 자식 사랑이라면
대단한 열정을 보였는데
그는 절정을 보였다

아빠는 행복해 보였다
첫눈에 반해 결혼한 아내
꼭 닮은 두 아들을 양팔에 안고
잠든 아빠의 평화스러운 얼굴

아빠는 아들 민준과 예준을 위해
건강식을 준비해 먹이고 청소를 하고
아이들 목욕을 시키고 잠을 재우고
자신은 밥 먹을 시간도 없다

키친에서 움직이며 서서 밥을 먹는 모습은
참으로 짠해 보이기도 했다

늦은 나이에 얻은 두 아들
손에서 떨어지지 않게 돌보는 사랑

아빠의 절대적인 관심 속에 자라는
아이들 볼 때마다 아빠가 부재하는
한부모 밑에서 자라는
우리 아이들 생각에
마음이 슬퍼지기도 한 순간이다

세상은 원래 균형이 깨진 곳
쓰라린 고통으로 자라는 나무는
옹골지게 헤쳐 나갈 수도 있겠지

긍정 마인드로 생각을 바꾸고
가난과 고통과 아빠의 빈자리를

그리움을 안고 살아가는
아빠와 아가들
엄마와 아가들을 위한 기도가 절로
하늘 향해 날아오르는 밤이다

우리 아가 괜찮아 엄마가 있으니
아빠 몫까지 엄마는 잘할 수 있어
오늘부터 엄마는 슈퍼 마마가 될게

필체를 바꾸면 인생이 바뀐다*

필체를 바꾸면
인생이 바뀐다는
책을 읽으면서 생각해 봅니다
우리 아가에게 어떤 문체를
어릴 때부터 연습시킬까 하고요

'부자의 글씨 정주영 회장'
'단정하고 흐트러짐 없는 글씨
박정희 전 대통령의 글씨'
'논리적이고 세련된 학자의 글씨
유진오 전 대학 총장, 소설가'의 글씨

우리 아가는 어떤 사람이 되고 싶을까요?
돈이 많은 사람이 되고 싶을까요?
권력이 있는 사람이 되고 싶을까요?
올곧은 학자가 되고 싶을까요?

어떤 사람이 되어야

자기가 행복하고
남에게 도움을 주는
의미 있게 사는 사람이 될까요?
엄마는 지금 고민 중입니다

필체를 바꾸면 인생이 바뀐다는
책을 읽었으니
우리 아가에게 훌륭한 사람이 되는
필체를 어릴 때부터 반복적으로
연습을 시켜서
바른 인성으로 성장하도록
엄마는 기도의 촛불을 밝히고
우리 아가의 앞날을 위해서
빛으로 정성을 켜는 두 손으로 합장해요

우리 아가는 엄마의 기도로
튼튼하게 자라서

열매를 생산하는 큰 나무가 되겠지요

* 구본진, 『필체를 바꾸면 인생이 바뀐다』, 2020.

빈토리오 민병은 대표

현재 amazon.com에서
e-마트에서
잘 팔리는 빈토리오 브랜드
그의 열정이
그의 와인을 갖고 싶게 하는

'혼자만 잘 벌면 뭐해요 같이 잘 벌어야죠.'

그의 말에서 따뜻한 온정을 마시고 싶은
마음이 곱고 정신이 성실한 그를
신이 어찌 외면할 수 있을까요

그는 아마존을 읽고 e-커머스를 읽고
브랜드를 만들 줄 아는 영감을 가졌지요

'아마존이란 큰 강가에 내가 누워 있고
그 흐르는 물을 느낄 수 있었다'
대단한 거물로 느껴지는 낚시꾼

빈토리오 대표님!
앞으로 아마존이란 큰 강가에서
낚싯대를 드리우고 고군분투하여
아마존 강에 있는 대어를
모두 낚아 올리어
한부모가정에서 자란 아가들이 쉴 수 있는
넓은 언덕을 건설하면 안 될까요

우리 아가들에게
아마존 큰 강가에서
낚시를 잘할 수 있는
기본 원리를 가르쳐 줄래요

큰 뜻을 품은 민병은 대표님!
한부모가족의 힘이 되어 줄
기도로 응원하고 존중합니다^^

당신은 브랜드

당신은 귀한 존재입니다
당신은 성공하고 싶은 사람입니다
결국 브랜드는 당신이 가진 소울입니다

빈토리오의 브랜드는
'즐거움'입니다

'당신은 너무나 바쁘기에
당신이 바쁜 거 알기에
인생은 나쁜 와인을 마시기에
너무나 짧고 고달프기에'

맛있는 와인은 향기 그윽하고
영혼에 보랏빛 꽃물 들이며
즐겁고 행복하게 해 드립니다

'나는 우주에게 한 방을 먹이고 싶어'

그것이 잡스의 꿈이었다면

빈토리오는 당신의 행복을 위해
'즐거움'의 신으로 탄생했습니다

당신의 삶에 기쁨을 안겨 주는
즐거움의 신 빈토리오는
언제나 당신 곁에 존재합니다

큰 별의 광채가 빛나는
영원한 브랜드 당신은 빈토리오

한부모가족은 당신의 지혜를 닮아
세상에 즐거움을 줄 수 있는
그런 의미 있는 삶을 설계하는

내일의 큰 꿈을 품은

우리 아가들을
브랜드로 키우는 한가족 엄마들

슈퍼 마마의 눈에 별이 빛난다

엄마의 비밀

힘이 드는 날 엄마는
하이얀 구름 꽃주를 마신다
하늘같이 마음이 열리고
태양처럼 기분이 빛나지만
엄마는 바닥을 말하면 안 돼

우리 아가 지키는 엄마는
부드럽지만 강해야 하니까
엄마의 비밀은 삶의 무기는

아가의 나무가 되고
아가의 언덕이 되고
강이 되고 산이 되는 것

삶이 폭풍으로 밀려와도
엄마의 가슴은
일어나는 파도를 품어 줄
더없이 넓고 넓은

사랑의 바다가 되어야 하니까

괴로운 날 엄마는
파아란 구름 꽃주를 마신다
하늘처럼 가슴이 열리고
마음의 평수를 끝없이 넓히어
태양처럼 불꽃 기운으로
우리 아가를 위해 힘을 키워야 하니까

우리 아가 지키는 엄마는
부드럽지만 강해야 하니까
엄마의 비밀은 삶의 무기는
절대로 약해지면 안 되는 것

사랑하는 우리 아가를 위해
사랑하는 우리 아가를 지키는

엄마는 생각을 키우고

엄마는 지혜를 키우고

엄마는 행동을 키우고

엄마는 강인함을 실천하는 사람

디지털 기술의 시대

사랑하는 아가야
이젠 뇌물의 시대는
저 멀리 강을 건너갔지
이젠 인맥의 시대도
저 멀리 바다를 건너갔지

이젠 각자가
실력을 키워서 자기의
능력으로 힘을 발휘하는
새로운 인류의 시대란다

지상의 시대는 작아져 가고
지하의 시대가 크게 열려 가는
디지털 트랜스포메이션으로
독립적이고 자유로운 세상에서
인디펜던트 워커로 일하며

우리 아가랑 함께 살면서

우리 아가랑 함께 놀고
우리 아가랑 함께 먹고
우리 아가랑 함께 자고
우리 아가랑 함께 행복의 탑을
멋지고 근사하게 지어 가려고

사랑한다, 우리 딸아!
사랑한다, 우리 아들아!

엄마는 기도의 구름 기둥이 되고
엄마는 기도의 불기둥이 된다

우리 아가의 길에 꽃이 되고
우리 아가의 길에 음악이 되고
끝없이 환한 축복의 길이 되리라

우리 아가의 눈망울

도대체 어디서 왔단 말인가
우리 아가는
네 눈망울 보고 있으면
엄마는 자랑 꽃을 피우지

초롱 같은 네 눈망울 속에
까꿍 하는 엄마가 웃고 있네
방글거리는 네 미소가 엄마를
미치도록 행복하게 하네

네가 존재하는 세상이
이토록 환하게 밝을 줄
내 귀하디귀한 아가야
너로 인해 엄마는 세상을
읽고 다시 쓰기 시작했지

사랑스러운 우리 아가야
엄마의 세상에 와서 엄마랑

까르르 웃음바다 웃음하늘
까르르 웃음정원 웃음놀이
엄마랑 함께 만들어서 고마워

우리 아가 입술에 웃음꽃 만발
우리 아가 눈망울에 웃음꽃 만발

우주에 빛나는 존재

우리 아가 존재에 엄마는 웃고
엄마의 삶에 우리 아가는 꽃이지
서로를 기쁘게 하는 시간은
온전한 삶을 가꾸어 가는 것을 의미하지
아빠는 그냥 있다고 생각하고

사랑하는 우리 아가야
엄마의 세상에 찬란한 별로 와 주어
삶을 포기하지 않게 해 줘서
엄마는 우리 아가에게 늘 고마워
우리 아가를 위해
엄마는 우주의 강한 에너지를
모두 다 끌어다 사용할 거야

우리 아가에게
클링턴 전 대통령보다 더
오바마 전 대통령보다 더
자랑스러운 인물이 되도록

노력하는 에너지는
승리가 보장되는 것을

예정된 우리 아가의 미래를 위해
엄마는 미리 축배의 잔을
온 우주에 기도로 올려 드리네

어떤 벼락과 그 집

폴 리Paul Lee*야
강아지는 엄마를 졸졸
부엌으로 서재로 베란다로
엄마가 가는 곳마다 따라다녔지

쳐다만 봐도 귀엽고 사랑스러운
엄마에게 기쁨 주려고
온갖 노래와 춤으로
엄마를 껌벅 넘어가게도 했지

로스엔젤레스에 살면서
지진이 흔들 때마다 몸이 빠르게
엄마의 손을 찾으며
안전한 집을 찾아 숨던 폴 리야

감당 못 할 지진이 벼락 치던 그날
서재 앞에 있던 폴 리의 집은
천지진동으로 책장이 넘어지고

폴 리야 집 위에 내려앉은 하늘
천국이 보듬어 안은 영혼

폴 리는 엄마의 분신
더는 이 땅에 없는
하늘 존재가 되고
금쪽같은 우리 강아지
폴 리는
엄마의 영원한 그리움이 되었지

하늘 정원에
작은 집 한 채 지어 놓고
엄마의 소명이 끝나고
돌아갈 그곳
그리움이 완성될
폴 리가 기다릴 그집

아름다운 사명이 끝나면

돌아갈 꿈속의 그 집

그리움이 기쁨이 될 그 집

* 'Paul Lee'는 제 아들입니다. 1992년 미국에서 고등학교를 졸업하고, 대학을 가기 전 서울대학교에 연수 가서 그곳 기숙사에서 감전사했습니다.

미혼모 원조 성모인가

성모 엄마 품에서

세상의 차가운 눈빛
쑥덕거리는 검은 입술들
엄마는 우리 아가와
피할 수 있는 장막이 없었지

어느 날 엄마의 꿈에
하늘에서
금빛 후광이 하늘 가득
예수님과 성모님이
황금 찬란한 왕관을 쓰시고
두 분이 내려오시다가
공중에 머물러
라파엘로의 그림처럼
땅에 있는 우릴 불러올려서
꼬옥 안아 주셨지

다정히 엄마의 등을 토닥이시며
우릴 위로해 주셨지

성모 엄마는 우리의 도움이시고
아가와 엄마의 엄마시지
그분은 사랑을 낳으시고
사랑의 모후이시니까
평화의 모후이시니까

어머니 중의 어머니시고
가슴에 무덤 체험도 하신
우릴 이해하실 큰 사랑이시지

도움이 필요할 때 기도로
청하면 언제나 도와주시는 분
사랑의 성모 엄마시지
아가야, 우리 도움을 청하자
사랑의 성모님께 어서어서
아가들의 아빠와 엄마가 돌아오시게

한부모가족의 부모와 자녀는

사랑의 결핍이 조금 있을 뿐

견디고 견디는 슬픈 진주는 아니니까

미혼모 원조 성모인가

사랑하는 아가야!
엄마는 반항기 많은
사춘기를 지날 때
성모님을 미혼모로 생각했지

옛날 우리나라는 아들이 없으면
씨받이 여인에게서 자식을 얻고
그 엄마의 존재는 완전히 무시되듯

철이 좀 든 후 엄마는
성모 발현지를 돌며
성모의 존재를 믿게 되었고
순례기를 쓰게 되었지

지금은 성모님이
엄마의, 엄마가 되어 주셨지
알파와 오메가의 기도로
우릴 위해 빌어 주심을 믿지

성모 엄마는 평화이시고
사랑의 모후이시지
우릴 위해 항상 일하시는
묵주기도의 어머니시고
상처 많은 우리를 위해
엄마의 어머니가 되어 주셨지

성모님은 미혼모가 아닌
천상 모후로서
우리의 진정한 어머니시지
전쟁이 없는 세상을 위해 항상
묵주기도하시는 평화의 모후시지

아가야 우리 성모 엄마에게
의지하고 기도를 부탁드리자

하늘 엄마 아빠

아가야 사랑하는
우리 아가야

힘이 들 때
하늘을 보자

하늘의 아빠 엄마가
늘 우릴 지켜 주시지

환한 빛을 주시고
죄인과 의인을 가리지 않으시고
계절마다 자연에 고운 옷을 입히시고
꽃과 열매를 주시니
어찌 우리가 기쁘지 않을 수 있겠니

사랑하는 우리 아가야
푸른 소망이 가득한
하늘을 자주 올려다보자

엄마는 행복해
우리 아가 눈에는
사랑 가득 하늘이 열리고
보석처럼 반짝이는 꿈이 있고
아가와 엄마의 희망이
저기 푸른 별이 되어 빛나네

우리 아가의 웃음이 날개 되어
온 우주로 날아오르네

하늘 축제가 우리에게 쏟아지고
아가의 어깨에 날개가 돋네

하늘 꽃밭의 꿈

아가야
비님이 오시네
하늘의 꿈을 가득 실은
비님이 내리시네

비님의 노래 들으며
우리 아가는 잠들고
엄마도 우리 아가 곁에서
달콤한 잠을 꿈꾸네

우리는
나비 되어 하늘 소풍 가는
아가 나비와 엄마 나비~

하늘 꽃밭엔 찬란한
꽃들이 황홀하게 피었고
하늘 꽃밭에서
우리 아가도 꽃처럼

팔랑팔랑 미소로 춤추네

아가와 엄마는 꿈속에서
꽃이 되고 나비가 되고
하늘이 빛의 꽃밭으로 변했네

하늘 꽃밭에서 잠들었네
싱글 대디와 싱글 마미는 아이와
꿈꾸며 자라나는 꽃밭이네

무엇이든 할 수 있어

우리 아가에겐 아빠가 없고
엄마에겐 남편이 없지

아가와 엄마에겐
지붕과 울타리가 없지

남들에게 있는 것
우리에겐 없을 뿐이지
하지만
아가에겐 엄마가 있고
아가에겐 아빠가 있고
엄마에겐 아가가 있지
아빠에겐 아가가 있지

세상에서 더 이상
멀 수 없는 한 몸이지

아빠 없이 자라도 얼마든지

세기적인 예술가
레오나르도 다빈치처럼
훌륭한 사람이 될 수 있단다

아가야, 사랑하는 아가야
꿈의 길은
천 가지 만 가지로 열려 있네

우리는 무엇이든 할 수 있고
우리는 무엇이든 될 수 있지
자유가 우릴 승리하게 하지
우리 아가의 꿈이
빛의 은총으로 가는 길에
축복의 나팔 소리 펄럭이네

승리의 박수가 천지에 울리네

테이크 미 홈 컨트리 로드

사랑하는 아가야
라디오에서 존 덴버의
테이크 미 홈 컨트리 로드가
감미로운 그의 목소리가 들려
그의 비행기는 왜 그를
고향 집으로 데려가지 못했을까

엄마도 우리 아가랑
할머니 할아버지 사시는
고향 집으로 가고 싶어
엄마는 우리 아가를 왜
고향 집으로 데려가지 못하는지

훗날 네가 어른이 되면
그때는 알게 되겠지

우리 아가의 스윗 홈은
엄마의 가슴이고

바다와 하늘보다 넓어
마음껏 뛰놀 수 있지

바다의 물고기처럼
하늘의 새처럼
자유로워라 우리 아가야

우리에겐 꿈이란 희망과
자유란 부요가 하늘 가득해
언젠가 갈 수 있어
할머니 할아버지 사시는
시골의 고향 집으로

안타깝게 존 덴버는 못 갔지만
우리 아가는 엄마와 함께
고향 집으로 꼭 가게 되겠지

할아버지 할머니의

무조건적 사랑이
우릴 기다리는 고향 집으로
무조건적 사랑의 문이 열려 있네

엄마의 보물

네가 없으면 엄마도 없지

엄마에게 이토록 귀한
생명이 선물로 왔다는 사실이
실감이 나지 않지만
네 눈망울 보고 있으면

엄마는 네게 달뜨지
엄마는 네게 달뜨지

우리 아가는 엄마의 생명
엄마의 눈에서
엄마의 가슴에서
우리 아가는
튼튼히 자라는 겨자나무
환하게 자라는 사랑나무

우리 아가는 엄마의 사랑을
창출하는 신비의 묘약이지

하늘 울타리

사랑하는 아가야
우리에게 하늘이 있고
넓은 들판이 있지

우리에게 꿈이 있어
많은 후원자는
우리에게 울타리가 되어 주고
사회는 우리의 지붕이 되어 주네

사랑하는 아가야
더 높고 넓은 세상은
아가와 엄마의 가정이지
아가와 아빠의 가정이지

찬란한 햇살이 출렁이는
광장은 아가와 엄마의
자유로운 놀이터지

꿈과 내일은
우리가 함께 자라 가는
사랑이 가득한 스윗 홈이지

그 달콤한 집을
아가와 엄마의 가슴으로
아름답게 가꾸고 살면 되는 거야
한부모가정의 부모와 자녀는
취약도 결핍도 아님을

우리들 마음에 자유의 꽃이
여유의 꽃이 만발하는 그날까지
꾸준히 움직이는 구름처럼
그렇게 살면 되는 거지

아름다운 인연

나의 아가야
엄마 안에 있던
우리 아가는
엄마가 그리워서
이 세상에 왔지

얼마나 엄마가 보고팠으면
험한 골짜기를
목숨 걸고 왔니

아가야, 나의 아가야
엄마에게 와 주어 고마워
우리 인연은 여의주보다
귀하고 소중하지

하나가 둘이 되고
둘이 다시 하나가 되는
영원히 아름다운 인연이지

우리 아가 지키려고 엄마는
세상의 파이어니어가 되었지

엄마는 별이 되어 우리 아가 지키고
엄마는 광장이 되어 우리 아가 뛰놀고
우리 아가 기댈 의지의 기둥이고
영원한 언덕이 되는 거야
우리 아가는 엄마의 에너지

우리 아가 없는 가슴은
엄마에겐 의미 없는 세상이지

My baby

별꽃이 피어 있네
어쩌면 이토록 예쁠까
우리 아가는

엄마는 한순간도
우리 아가에게
눈길을 뗄 수 없네요

시간이 아까워라
나무가 자라나는 것처럼
무럭무럭 커 가는 네 모습
엄마는 사랑의 눈이 되었네요

별꽃처럼 귀여운 아가야
청정하고 푸른 사철나무처럼
튼튼하게 자라 다오

우리 아가는 세상의

푸근한 그늘이 되어 주는
훌륭한 어른이 되겠지
하지만
어른이 되어도 엄마에겐
영원한 My baby이지
영원한 우리 아가지

약해지면 안 돼

여자는 약해도
엄마는 강하다는 말처럼
용기와 모험과 힘을 내야
우리 아가를 지키고 키울 수 있기에

엄마는 절대로
약해지면 안 되는 거야
밟히고 또 짓밟혀도
말 매를 수없이 맞아도
잔디처럼 일어나야 해

우리 아가의 큰 언덕이
우리 아가의 큰 나무가
돼 주어야 하는 엄마니까

오늘도 엄마는
우주 에너지 받아
희망 꽃 피우고 있어

꿈의 꽃 피우고 있어

엄마는 절대로 약해지지 않아

우리 아가는 엄마의 강이고
우리 아가는 엄마의 바다이고
우리 아가는 엄마의 하늘이고
우리 아가는 엄마의 사랑이지

아가야 네가 있어서
엄마는 살아갈 용기가 생겨
엄마에게 에너지를 켜 주는 아가야
사랑해 우리 아가야

엄마가 암에 걸렸대

사랑하는 아가야
의사의 진단에
엄마가 암에 걸렸대
처음엔 멍해져 정신이 나갔지

우리 아가 어쩌지?
엄마가 없으면 어떻게 하지?
암이면 왜 죽는다고 생각할까?

엄마는 우리 아가 생각하면서
청정한 소나무처럼 늘 푸르게
암을 이겨 낼 자신이 있는데

우리 아가를 위해서
엄마는 꺼진 세포들 면역력을 길러
죽은 유전자도 미소로 웃길 수 있어

우리 아가 생각하면 산도 옮기는

생기를 키워 암을 정복할 수 있어

사랑하는 우리 아가야
조금도 염려하지 않아도 돼
엄마는 우리 아가가
혼자서도 당당히 살 수 있고
네가 결혼을 해서 손주가 뛰놀 때까지

바닷가 튼튼한 소나무처럼
푸른 웃음 바람에 띄우며
춤추고 노래 부르며
우리 아가의 아가들과 신나게 즐기기로
강철 결심을 했단다

사랑하는 우리 아가야
순간이라도 너를 두고
죽는다고 생각했던 것 미안해

엄마는 암세포 덕분에
더욱더 단단해졌어 이젠
네가 필요로 할 때까지 살 수 있어

우리 아가를 위해 매순간
결실의 탑을 소중히 쌓을 거야
무너지면 더 강한 희망을 건설할 거야

빛의 은총으로 가는 길

너는 물처럼 내게 밀려오라*

그대 때문에
목이 아프도록 그리움은 슬프다

시인의 깊디깊은
사랑의 체험이
파스텔화 그림으로
시집을 읽는 내내
아련한 풍경으로
내 영혼에 그리움이란
가지각색의 꽃을 피워 냈다

한 편도 건너뛰지 못 하고
에필로그까지 묵언으로 읽고 있는
내게 스며들어 떨어질 줄 모르는
한 구절이 매달렸다

'잠겨 죽어도 좋으니
너는

물처럼 내게 밀려오라'

내게도 썰물처럼 네게로 밀려가
함께 있고 싶은
한 사람이 있기 때문이다

엄마는 아가 안으로
아가는 엄마 안으로
우리는 한 몸이고 싶을 때

그대 때문에
목이 아프도록
그리움은 아직도 슬프다

* 이정하 시집, 『너는 물처럼 내게 밀려오라』의 제목 인용.

하늘 향기

하늘 향기는 나의 닉네임입니다
나에게는 언니 한 분이 계셨지만
지금은 하늘나라에 계시지요

엄마보다 더 나를 사랑해 주셨던
언니가 그리워서 언니 이름을
자주 부르고 싶어서
언니 이름을 제 닉네임으로 사용하죠

제 언니는 이향기李香氣!
이름처럼 향기를 주는 분이고
제 이름은 이향영李香永!
향기 나는 선물을 길게 드리려고요

저는 가끔 일어나서
하늘 향해 양팔을 쭈욱 뻗고
하늘 향기! 향기 언니!
우리 언니 향기를 느껴요

신체 언어로
마음의 언어로
그리고 영혼의 언어로
매일 하늘과 소통하고 살죠

하늘 손이 언니 손이
꽃구름을 빌려
비바람을 빌려
사랑한다고 전하는 우리 향기 언니

그립고 그리운 우리 언니
하늘 향기가 꽃송이에 내려와
언니의 향기가 천지에 가득해요

꽃송이마다 언니가 있네요
꽃송이마다 사랑이 있네요
꽃송이마다 우리 어린 시절이 있네요

하늘 연못에 핀 연꽃

언니는 향기롭고
고운 이름으로 살라고

이동벽李東碧
서당 훈장이셨던 아버지께서
지어 주셨지만, 어릴 때는
밀양 덕실댁 큰딸로
학교에선 일본 이름으로
결혼해선 누구의 아내로
며느리로, 방지댁으로
누구의 엄마로
살다 가신 우리 향기 언니

형부가 지병으로 일찍 타계하시고
막내 유복자를 홀로 낳으시고
미혼모 아닌 미혼모가 되어
혼자 삼 남매 키우느라
과수원 하숙집 삯바느질

온갖 고생과 희생으로
당신 건강 지키지 못하시고
일찍 떠나신 안타까운 정

지금은 그 나라에 계시는
하늘 향기 우리 언니
당신이 보고파서
오늘도 하늘 올려다보는

파아란 우리 언니 얼굴
구름 꽃송이 만발한 미소로
보고 싶다 사랑한다
다정하게 말하시는 고운 모습

우리 향기 언니
당신 그림자는 하늘 호수에
연꽃으로 피어나고 그 향기
그리움의 공기로 스며드네요

우리는 향기로 속살거리는
영혼의 어린 시절로 만나네요

보디랭귀지

하늘 향해서
파워 포즈 취한다

우리 아가들은
가르쳐 주지 않아도
온종일 번쩍번쩍 파워 포즈

로우 포즈를 배척하고
하이 포즈 2분을 취한다

에이미 커디*의 말처럼
코르티솔은 감소하고
테스토스테론이 증가하는

하늘 보고 하는 보디랭귀지
우울증에서 행복으로
오늘도 파워 포즈 덕분에
기분이 상승하는 하루

우리 아가와 함께하는
달콤한 보디랭귀지

시키지 않아도 번쩍번쩍
만세 잘 부르는 우리 아가
운동은 타고난 천부적 재질
탁월한 운동선수가 되려나

우리 아가의 양팔은 오늘도 내일도
언제나 번쩍번쩍 효과 내는
우리 아가 만세 만세 만만세

＊ 에이미 커디: 하버드 경영심리대학원에서 사회심리학을 연구하는
　 교수.

하늘 향기 언니

하늘 향기 언니
요조와 임경선처럼
우리도 교환 일기 쓸까요?

하늘과 땅의 대화를 해요
언니는 하늘 얘기 하고요
저는 땅의 소식 전하고요
와우~ 넘 좋겠죠?

언니는 남편 없이도
어떻게 삼 남매를
그렇게 잘 키우셨나요?
생명을 허락하신 그분께
의지하면 된다고요
쉽지 않지만 애써 볼게요

하늘 향기 언니
그곳은 어떠신가요?

하늘엔 평화라고요
땅엔 '코비드19' 전염으로
핵전쟁보다 무섭다고
온 세계가 떨고 있지요

하늘 향기 언니
언니의 찬양을 보태 주세요
부처님께 기도해 주세요
예수님께 기도해 주세요
우주의 신께 빌어 주세요

지구인의 건강을 위해서요
지구인의 평화를 위해서요
우리 아가들이 자라는
지구의 건강을 위해서요

MK학장님 에너지

당신 열정이
제게 전염이 됐나 봅니다

20년 2월 3일 유튜브대학 등록
물을 만난 물고기처럼
그날부터 로그인해서 초저녁까지
강의 듣고 또 듣고

아래층 위층 생각해서
밤과 새벽에는 책을 읽고
늦게 배운 도둑질이 무섭다더니
새벽 4시까지 깨어 있었더니
몸이 못 견디고 목이 붓더니
18일째 아무리 힘들어도
견디고 견디며 책 읽고 글을 쓰지요

그동안 연세 ENT 병원 가서
치료받고 약을 먹어도 소용없고

바깥 외출도 못 하고
집 안에서 마스크를 착용하는 약질

게으른 내 몸 반쪽이
부지런한 반쪽을 질투하나 봐요
저희들끼리 싸움질에
내 마음은 이불 깁스하고
오늘도 침실에서 두문불출해요

하늘 향기 언니 지난번
꿈에서처럼 기도해 주세요

저도 학장님처럼
파워풀한 에너지가 절실해요
제가 건강해야 학장님처럼
돕는 일을 할 수 있지요

MK학장님

강한 에너지 자생 법칙은

안 가르쳐 주시나요

학장님의 에너지 훔치고 싶네요^^

그루맘을 위해 제가 할 일은 뭘까요

용두사미는 끝났다

이번은 열정 대학생으로
꼭 마무리를 하고 싶다
장학생은 못 되어도 좋다
좋은 것은 다 다른 학생에게
양보하고 싶어서

돌아보면 임계점까지 못 가고
이유를 핑계로
중도 하차한 일들이 많았다

미국 LA 사우스베일로 한의대
한 학기 남겨 두고 그만두었다
40대 초반의 내 짝이 죽고
우리 아파트에 닥친
큰 지진의 피해가 이유였다

캘리포니아주립대학 노스릿지 대학원에서
파인아트 과정 한 학기

남겨 두고 그만두었다
교통사고와 슈퍼 바이러스에 감염되어
죽음 직전까지 간 고통이 이유였다

경희사이버대학 대학원 문예창작과
한 학기 남겨 두고 그만두었다
화재로 집에 살 수 없었고
여행으로 떠돌이 생활 하게 되어
사주에 없다는 역마살로 여행을
원도 한도 없이 할 수 있었다
지금은 해운대에서 이렇게
감사의 고백을 할 수 있어서 기쁘다

직장과 사업을 합하면 더 많고
사람도 끝까지 못 사귀게 되고
모두 더하면 수도 없는 용두사미였다

MKYU는 내 사랑하는 조카

윤주랑 끝까지 잘 마무리하고 싶다
지금은 그녀가 고모를 도우지만
나는 무엇으로 윤주를 도울 수 있을까
윤주야 우리 용두사미는 되지 말자

그릿, 넛지, 해빗을 배워서
우리도 사회의 도움이 되는 존재가 되자
그루맘에게 힘을 보태는 일을 하자

고미숙 작가의

『나의 운명 사용설명서』* 책을 읽고
만세력을 보고 천간과 지지로
윤주와 나의 운명을 보았다

얼마나 잘 맞는 인연인지
무릎을 쳤다
공부를 좋아하는
유전자를 손녀와 딸의
정신 속에 물려주신 서당 훈장이셨던
이동벽 시몬 아버지께 감사 기도를 올렸다

윤주에게 백번 고맙다고 말하고
내가 아는 모두에게 감사하다는
인사를 전하고 싶다

지금 나는 갑상샘 질환으로
말할 수 없도록 고통이 심하지만
읽을 수 있는 책이 많아서

참 기쁘고 다행이다
이 벅찬 감동과 책을
내가 사랑하는 사람들에게
민들레 꽃씨처럼 날려 보내고 싶다

임계점까지 가리라, 다짐의 도장을
내 설레는 가슴에 꽉꽉 찍어 본다

싱글 맘 싱글 대디 힘들고 힘든
한부모가족 돕고 싶은 열정이
내 안에서 계속 자라나길 기도한다

고미숙 작가의
『나의 운명 사용설명서』의 내용처럼
윤주와 함께 가니 에너지가 샘솟네
고모와 조카는 어려운 이웃을 돕는
우리는 가난한 사람이 되자

* 고미숙, 『나의 운명 사용설명서』, 2012.

그대 가슴에 꽃 피는 말

말은
입으로만 하는 게 아니다
눈으로 하고
귀로도 하고
내 말이 내 귀에만 들리면
그건 말이 아니란다

듣는 사람들 귀에 담기고
가슴에 전달이 되어야 하고
행동으로 옮겨야만
말이 완성된다는
MK학장의 아트 스피치에서
듣고 또 들어서 배운 말이다

'내 말의 씨앗이
그대에게 떨어져
그대 가슴에 꿈과 희망이
꽃으로 피어 열매가 되게 하리라'

학장님이 갈망하는 세계이다
꽃이 하는 말이 되는
열매가 하는 말이 되는
학장님으로부터 배운 언어로
남을 돕는 일을 배우는 중이다

남을 도울 때 내가 꽃이 되고
남을 도울 때 내가 열매가 되고
사랑의 빛이 환하게 스며들어
눈을 감아도 피어나는
미소의 꽃, 빛의 꽃이 되리라

선물이 없으면 미소를 웃음을
힘 있는 칭찬으로 작은 자를 도우리

큐레이션*

콘텐츠 큐레이터가 쓴 책
큐레이션을 읽은 아가 엄마는
사랑하는 아가에게
정보 과잉의 돌파구를
어떻게 걸러 내며 콘텐츠를 만들지
아가야, 박물관에 놀러 갈까?

엄마는 런던뮤지엄 연수 갔을 때
내셔널갤러리, 테이트모던 박물관에서
큐레이터가 그림 해설해 줄 때
얼마나 부러웠는지 엄마는 그때
미술관 큐레이터가 꿈이었던 적이 있어

우리 아가도 엄마랑 그림 보는 것 좋지
엄마는 가끔 아가랑 그림을 읽고 싶어
그림을 좋아하는 건 엄마의 마음이고
우리 아가는 자기가 좋아하는 일들
하늘의 별처럼 펼쳐 보거라

정보를 수집하고 선별해서
새로운 가치를 부여해 전파하는
큐레이션 일을 해도 좋을 것 같지
우리 아가야 인생의 주인은
자기가 좋아하는 것을
스스로 선택하는 것이지

멋지고 부드러운 주장이 뚜렷한
신인류의 주인공이 되어 주길
엄마는 매일 기도로 주문 걸고 응원해
우리 아가 파이팅!^^

* 스티븐 로젠바움, 『큐레이션』, 2019.

위대한 꿈 이야기

한서*를 따라 언덕을 넘고
들판을 지나고 개울을 건너고
어느 건물 안으로 들어갔다

그곳은 버려진 갓난아이들이 많았고
울음소리가 가득한 공간으로
마치 탁아소 같았다

한서는 옷소매를 걷고
아이들의 배설물을 치우고
목욕을 시키고 옷을 갈아입히고
몸을 감싸 안아 주었다

한서의 등 너머로
아가의 눈이
나의 눈과 마주치자
아가는 동그란 미소를 지었다

울음을 미소로 바꿀 수 있는 것은
맑고 밝은 사랑이란 것을
포근한 엄마의 품 안이란 것을

꿈속에서 한서의 헌신을 보았다
나도 한서처럼 살고 싶다고

다음에는 한서 대신
내가 아이들 배설물 치우고
목욕시키고 옷을 갈아입히고

사랑으로 안아 주고 싶다고
아아 이런 꿈은 매일 꾸고 싶다고
아니다 꿈이 아니고 현실이고 싶다고^^

* 한서: 90세 된 할머니. 훌륭한 자녀가 5명인데 서로 모시려 하지
만, 할머니는 자녀의 삶에 민폐를 끼치고 싶지 않다고, 건강하게
홀로 살고 계신다. 매주 수요일 쓰레기 분리수거 하는 날은 할머
니를 만나서 함께 걷는다. 나의 롤 모델이 한서 할머니시다.

집 없는 생명은 모두의 꽃이다

다시 젊음을 살 수 있다면
테레사 수녀님처럼 콜카타에 가서
죽어 가는 환자들을 위해 살 수 없어도

가족 없는 어린아이들이 모인
고아원으로 들어가고 싶다

어린 생명들 제2의 가정을 만날 때까지
따뜻한 누나와 언니가 되는
사랑으로 가슴에 새싹을 키우고 싶다

이젠 늙음을 투병으로 살고 있지만
이 시점에서 내가 가족이 없는
아가들을 위해 무엇을 할 수 있을까

길거리에서 동물 가게를 보게 되면
고양이와 강아지들 철사로 된
박스에 갇혀 있는 것 보면

산만해지는 마음으로 허공을 숨 쉰다

가족이 없는 생명은 모두의 꽃이 되기도

바라보는 가족은 가족이 아닌 것을

메멘토 모리[*]

저는 몇 개월 전 암 판정을 받았습니다.
조금씩 자주 암의 향기가
주변으로 퍼져 가는 것을 감지하고
죽음에 대해서 생각하게 되었습니다.

죽을 때 '이만큼 잘 살았으니 됐다' 하고
'웃을 수 있으면 그것이 인생 최고의 가치란다'
제 퍼스널 브랜딩은
젊을 때는 NO Pain No Gain이었고
이젠 죽음이 눈앞에 만져지니
죽음까지 감사하고 사랑하는
'메멘토 모리'로 하고 싶었습니다.

'My personal branding is Memento Mori'

죽음까지 사랑하고 감지하며 기억하는 순간
'메멘토 모리'는 얼마나 귀한 삶인가요.
일생을 잘 살고 떠나면서 아파하거나 슬퍼하는 것보다

웃을 수 있는 에너지가 있으면 웃음을 선물하고
아니면
고운 미소를 주변의 사랑하는 사람들에게
벚꽃잎이 하늘하늘 나비처럼 하늘로 오르는 것처럼
은은한 향기를 유산처럼 남기고 싶었습니다

저는 메멘토 모리에 향기를 브랜딩하는
죽음을 슬퍼하지 않고 또 다른
4차원의 세계로 호기심 갖고 여행을 떠나는
아름다운 글을 쓰고 싶었습니다
죽음은 언젠가 다시 만나게 될
잠깐의 이별과 공존하는 것이 아닐까요
그리하여
슬퍼할 이유가 없는 아름다운 것이라고요^^

✳ 메멘토 모리Memento mori: 죽음을 기억하라.

세상에서 가장 최고인 놀이터

사랑하는 우리 아가야
늘 집에만 있어서 답답하지
오늘은 엄마랑 나들이하자
하늘 정원 바다 정원을 보러 가자

하늘은 구름으로 다정하고
바다는 물결로 속삭이는
모래밭에서 맘껏 놀자
넘어져도 푹신한 놀이터

우리 아가는 산타클로스
수많은 갈매기가 친구가 되고
수많은 비둘기가 친구가 되고
자기가 먹는 새우깡을 자꾸만 주네

우리 아가는 일찍부터 배우며 놀지
주고 또 주면 외롭지 않다는 것을
주고 또 주면 산타클로스가 된다는 것을

아가는 양팔을 하늘 높이 들고
갈매기와 비둘기의 나는 흉내를 내네

뒤뚱뒤뚱 걷다 넘어져도 울지 않고
다른 아이들이 쌓는 모래 탑도 건축하고
우리 아가의 놀이터로 금상첨화인 이곳
하늘 공기 바다 공기가 달콤한 모래밭

아가야, 우리 자주 모래밭에서 놀자
아가야, 우리 자주 모래밭에서 살자

최재붕 교수의 강의 듣고

『포노 사피엔스』는
최재붕 교수의 책 제목이다

매일 스마트폰을 몸에 달고 사는
우리는 포노 사피엔스가 아닌가?
아니다
사용을 못 하고 이용을 못 하면
분명 포노 사피엔스는 아니다
나도 포노 사피엔스가 못 된다

디지털 플랫폼으로 옮겨 간
인류에 속하지 못하는 나는
스마트폰 애플리케이션으로
할 줄 아는 게 별로 없다
인터넷뱅킹은 물론 못 하고

마켓컬리 배달의민족
패션 기업 무신사 JM솔루션

에스티로더 우버 같은 돈 잘 버는
사업을 생각도 해 본 적이 없다

'디지털 플랫폼을 알면 돈이 보인다'
스마트폰으로 새로운 물결을 따라
살고 싶은 것은 마음뿐이고
신인류를 도무지 따라갈 수 없는
나는 한심스러운 구세대

포노 사피엔스가 되어야
경쟁 시대인 세상에 밀리지 않는다는
사실을 인정하게 된 것
이것만으로도 감사한 일이다
그래야 젊은 신인류 세대를
충분히 이해하고 도울 수 있기에

나는 신인류에 합류할 수 없지만
그들을 이해하고 응원할 수 있는

마음은 신세대를 사는 기분이다

한부모가정의 부모는 젊어서
신인류 물결을 타고
승승장구 온 우주에
스타 꽃으로 피어나길
호모 사피엔스인 나는 신인류의
한부모가족을 기도로 응원한다

나는 참 행복한 사람이지

Uncontact 계절

사랑하는 우리 아가야
오늘은 봄 날씨구나
3월 1일 2020년
창문을 여니
봄이 쏟아져 들어오네요

이런 날은
우리 아가 엄마랑
산책을 하고 싶은 날이지
그런데 어쩌지

코비드19로
바깥출입을 삼가라 하니
사랑하는 아가야
우리의 갈등은 아주 쉬운
선택을 하면 되는 거야

햇볕은 우릴 기다려 주지

산책은 다음에 가고
우린 달콤한 꿈을 꾸자
꿈속에서 산책을 하자

우리 아가 미소는
엄마의 희망 꽃이네
밝은 에너지 꽃이네
산책을 못 해도
산책하는 기분이네

마음의 주인은 이 수상한 계절을
실내에서 지켜 내는
지혜로 선택하게 돕네

창문으로 쏟아지는 햇살
빛의 꽃으로 눈부시고

언컨텍트 계절에 피어나는

유난히 맑고 밝은 햇살 꽃

우리를 위해 찬란하게 피어

창 안으로 선물처럼 쏟아지네

희망의 그릿

사랑하는 아가야
엄마는 천재가 아냐
우리 아가 엄마 닮아
천재가 아니라도 좋아

하지만
열정과 끈기와 간절함으로
엄마와 함께 성장해 가자

그릿을 어릴 때부터
읽고 실천해 가자
포기란 나무를 잘라 버리자

꿈나무 희망 나무를 심어
하늘까지 키우자
잘도 자라지 우리 아가
엄마와 함께 크는
구름 나무! 열정 나무!

우리 아가 가슴에서
파릇파릇 꿈이 영글어
뿌리부터 단단히 내릴 수 있는
엄마의 가슴은 넓은 들판

우리 아가 힘차게
태양 나무로 자라네

끈기의 힘

한 줄기 빛을 선물로
뚝심을 길러 주는 꿈

웨스트포인트에 합격하고도
기초 훈련인 비스트를 못 견뎌
졸업까지 못 가는 학생들

미 육군 특수부대
그린베레 훈련을 못 이겨
탈락자가 되는 학생들
끈기와 인내의 약자지

세계 최대 규모의 영어 대회
스크립스 내셔널 스펠링 대회에서
우승자는 천재가 아니지
열정과 끈기로 인내를 키워 낸
학생이 승자가 되는

사랑하는 우리 아가야
견디기 위해
엄마와 함께 인내를 배우자
태양이 저렇게 힘차게 솟아오르듯
우리의 열정도 분수처럼 차오르지

목청 높이 웃고 기쁘게 가자
그럼 끝까지 갈 수 있지
즐거운 일을 하자 즐겁게 살자

열정을 쏟자

사랑하는 우리 아가야
그릿의 저자는
차이니스 아메리칸의 딸
앤절라 더크워스이지

유태인의 열정과 끈기는
중국인보다 한 수 위이지
한국인의 용기와 의지는
유태인보다 갑절로 위대하지

사랑하는 아가야
우리에겐 위대한 조상의 열정과
훌륭한 유전자가 있지
희망을 우리 품에 심자
열정과 견딤으로 세상의 주인이 되자

오늘의 눈물이
내일의 빛나는 웃음이 되는

아가야, 우리의 노력을 키우자
엄마와 같이 중단 없는 그릿으로

승리의 깃발을 높이 들자
하늘에 구름 깃발 춤추고
너와 나의 끈기는 열매로
꽃 피어 익어 가는 계절
춤추며 노래 부르자
노래하며 춤추자

그릿*의 비결

'내면이 강한 아이'는
어떻게 길러지는가?
'그릿을 길러 주는 양육 방식'에
대한 주옥같은 영양 밥상

그릿에 나오는
내면이 강한 아이로 키우려면
엄마가 먼저 배워야 되겠지

엄마의 교육이 우선이지
알아야 고난에 대처할 수 있고
흑암은 밝음으로 나갈 수 있는
유일한 문이 되고 길이 되지

끈기 있게 두드리는 자는
광명의 문을 열 수 있어
어두운 밤이 지나면
찬란한 아침 해가 솟아오르듯

사랑하는 나의 아가야
우리도 환한 웃음으로
열정과 끈기를 몸에 심자
깊이깊이 몸 안에 뿌리를 내리자
세포 하나하나에 그릿을 심자
내일은 겨자나무로 자라리라

새들이 앉아서 노래하는 나무
우리 아가 신나게 춤추고
하느님도 좋아서 박수 치는
사랑 나무로 세상을 덮자

* 앤절라 더크워스, 『그릿』, 2019.

꿈의 넛지*

삶에는 언제나
우리가 결정해야 하는
선택, 선택이
밀물처럼 밀려오는 거야

순간순간 지혜로운
선택을 위해
사랑하는 아가야
책을 읽고
생각을 깊이 하며
영감이 주는
지혜로 결정을 선별하자

물같이 현명한 삶이 되도록
엄마와 함께 사랑을 리부트해서
우리의 도움을 필요로 하는

이웃에게 사랑을 선물하자

우리 함박웃음을 선물하자
우리의 승리를 선물하자
선물하기 위해 승리를 하자

우리의 선택이
실패를 해도 좋아
실패가 많을수록
배움은 자라니까

작고 큰 열매가 주렁주렁
무지갯빛으로 빛나는 하늘
우리 앞에 활짝 펼쳐져 있네
우리 앞에 천지가 열려 있네

* 리처드 탈러, 캐스 선스타인, 『넛지』 2018.

네 선택을 존중할게

삼일절을 알리는
아파트 곳곳에
태극기가 펄럭이고

우리의 선조들이
나라를 지키려고
각자의 목숨을 걸고 싸운
독립선언서를 발표한 기념일

사랑하는 아가야
튼튼하게 자라서
자신과 가정과 사회를 사랑하고
나라를 지키는
훌륭한 사람이 되어 다오

엄마는 네가 가는 길에
항상 기도로
올곧은 선택을 위한

훌륭한 사람이 되기를
네 그림자 되어
항상 기도로 응원하고
네 선택을 존중할게

그릿만큼 중요한 넛지를

선택이 필요 없는 기쁨

우리 아가는
혼자서도 잘 놀고
창가에서
손에 잡힌 햇살을
굴리며 싱글벙글

날아가는 비둘기 보고
까르르 웃고~~

엄마는 아가의 웃음 따라
하하~^^ 호호~^^
선택의 꽃이 웃음꽃이 된 날

햇살도 방긋방긋 웃는 봄날
오늘은 선택이 필요치 않는
자유의 물결이
평화의 깃발이
태극기가

신나게 펄럭이는 날

우리들 가슴의 날개도
마음껏 펄럭이는 기쁜 날
우리 아가 얼굴이
태극 웃음으로 펄럭이는 날

내일의 주인공인 우리 아가
양손에 햇살 두 주먹 가득 잡고
자유를 가지고 잘도 노는 날

Happy 해빗*

엄마의 가장 큰 일은
우리 아가를 먹이고 입히고
좋은 습관을 가지도록
사랑으로 교육하는 것

열정과 인내의
그릇이 있어야 하고
매 순간 밀려오는
선택의 넛지로
올바른 지혜의 판단과
그리고 내 몸에 익숙한
Happy 해빗으로
세상을 이겨 다오

사랑하는 아가야
네 인생을 단단하게 보관하고
설계하고 건축해 가기를
뇌와 무의식이 읽기 원하는

습관을 연마하기 바란다

엄마는 오늘도 내일도
하늘의 푸른 책을 읽지
우리 아가에게 읽어 주려고
우리 아가도 읽는다구

정말 Happy 해빗이네
오늘을 읽고 내일을 읽고
아가와 엄마는 훨훨
내일을 날고 있네

* 웬디 우드, 『해빗』, 2019.

스스로 키워야 될 습관

앉으나 서나
엄마는 우리 아가 생각
곁에 있어도 보고픈 우리 아가

출산 때 끊어 낸 탯줄
이젠 무선 커서처럼
자나 깨나 네 생각
물이 흐르듯 기도하네

영원히 지속될 탯줄 인연
하지만
이젠 툴툴 털고
또 다른 습관을 운전해
엄마는 일을 나가야 해
우리의 승리를 위해

다람쥐도 혼자서 잘 놀지
새들도 혼자서 날아오르지

혼자서 살 줄 아는 습관이
힘으로 자라고
능력으로 커 가지

우리 아가도 이제부터
혼자서 놀고 책을 읽고
살아가는 법을 익혀야지
좋은 습관이 사랑으로 자라길
엄마는 기도와 찬양으로 응원하네

우리 아가 스스로 배우고
자기의 길이 단단해지도록
그렇게 교육을 하니
우리 아가 투정 부리기 없기요
달빛에도 잘 자라나는 나무
우리 아가 얼굴에 둥글게 태양이 뜨네

혼자 해내는 습관

사랑하는 아가야
우리 아가는 어릴 때부터
혼자서 스스로
잘 놀 줄 알고
친구들과 놀 줄도 아는
그런 습관을 연습해야지

옷을 스스로 입고 벗고
모자도 쓰고 벗고
양말도 혼자서 바르게 신고 벗고
신발도 오른쪽 왼쪽을 선택해서
신을 줄 아는 어린이지

노는 일도 신나게 할 줄 알고
스스로 선택하는 것과
습관을 연습하는 것도
실천하는 어린이로 성장하도록

엄마는 늘 그림자로 지켜 줄게

저기 푸른 나무 한 그루
홀로 저렇게 행복하지
언컨텍트 계절을 가지고 노네

포노 사피엔스* 호모 사피엔스

우리 아가는 배우지 않아도
스마트폰을 잘하겠지
엄마 배 속에서부터 했으니
엄마 손에 있는 폰을
우리 아가 뺏으려 하네

벌써부터 하려고
엄마는 애써 배우려 해도
힘이 드는 폰 안의 세상

사랑하는 아가야
포노 사피엔스로
새로운 인류가 된 네가
온 우주를 무대로
어마어마한 사업을
펼치는 사람이 되어 다오

별들은 박수 치고

블랙홀도 하이얀 힘으로
응원의 메시지 보내지

파란불이 켜진
우리 아가의 미래는
떠오르는 태양이지
포노 사피엔스 아가
호모 사피엔스 엄마

서로 도와 힘이 되는 인연
세상을 이끌어 나갈 존재

위대한 우리들의 아가
위대한 우리의 아가들

별이 되어 빛을 발하는
우주에 푸른 지혜로 자란
산소 같은 우리 아가야

잘 자라 주어 고마워
잘 살아 주어 고마워

하늘을 거울삼고
자라 가는 네 존재만으로도
엄마의 가슴은 행복으로 채워지네
엄마의 마음은 기쁨으로 하늘 나네

* 최재봉, 『포노 사피엔스』, 2019.

일상어와 구체적 체험의 진정성으로 지은 감동의 집

이병철(시인, 문학평론가)

난해한 시들이 범람하는 시대다. 문예지들을 펼쳐 봐도, 서점 시집 코너의 신간을 살펴봐도 온통 혼잣말과 모호한 멜랑콜리, 그로테스크한 이미지들뿐이다. 소통과 의미의 회로가 차단되거나 불분명한 말들이 어지럽게 뒤엉켜 있는 시들을 읽고 있으면, 도대체 시는 누구를 위한 것인지 궁금해진다. 시인들끼리만 읽는 시, 비평가들을 위한 시가 진정한 시라고 할 수 있을까. 읽기 쉬우면서도 보편 공감의 영역에서 독자들과 소통하며 감동을 주는 시. 함축과 여백의 미덕을 잘 갖춘 시는 여간해서 잘 눈에 띄지 않는다.

시는 간단하게 말해서 압축과 절제, 그리고 해석과 은유의 언어예술이다. 최소한의 경제적 언어 운용으로 이미지의 확장과 정서의 파동, 독자의 공감까지를 두루 이룰 수 있어야 한다. 대상의 본질을 관통해서 육안으로 보이는 외면 너머의 숨은 가치들을 찾아내는 사람이 시인이다. 그렇게 발견해 낸 낯선 이미지들을 상투적이고 설명적인 언어가 아닌, 높은 상상력의 언어, 즉 은유로 노래하는 자가 진정 시인이라 할 수 있다. 그러나 좋은 시를 구성하는 여러 미덕들 가운데서도 으뜸은 단연 감동이다. 한 줄의 감동적인 시는 장편소설이나 영화보다 힘이 세다. 거듭 강조해서, 시는 독자에게 감동을 줄 수 있어야 한다.

그래서 이향영 시인의 시가 귀하다. 이향영 시인의 시에는 일상에서 길어 올린 잔잔한 감동이 있다. 특히 우리 사회에서 소외된 약자 계층인 '미혼모'들에게 위로와 용기를 주는 시편들은 지독한 가뭄 가운데 내리는 단비처럼, '소통과 감동의 부재'라는 마른땅에 물길을 내며 독자의 마음을 향해 흐른다. 시를 읽는 것은 생의 분주함으로 척박해진 내면을 습윤하게 적셔 새로운 감수성들을 풀꽃처럼 자라나게 하는 행위다. 그러므로 시는 마중물이나 마찬가지다. 우리는 이제 이향영 시인의 시가 길어 올리는 서정성과 시적 감동의 샘물을 마심으로써 각박한 세상에서 탈진해 버린 영혼이 생기 있게 회복되는 것을 체험하게 될 것이다.

1. 자연을 내면화한 미메시스의 시

벚꽃은 마술쟁이
짧은 생을 미련 없이
바람에 흩날리며 떠나네

아가야 저 꽃잎 좀 보렴
빛으로 춤추며
하늘로 날아오르는
흰나비의 작은 몸짓

자연은 비밀의 대사전이지
때로는 호수에 살포시 내려앉아
낮별로 뜨는 자태

꽃잎이 말을 하네
"나를 사랑해 주어 고마워"
고운 미소로 춤추며
"내년에 꼭 다시 올게"

미련 없이 떠나는
흰나비와 분홍 별꽃
친구가 되어
다른 세상으로 가는

벚꽃은 마술쟁이
하늘 가는 길을
핑크빛으로 밝히네

아가야 우리도 자연을 즐기자
아가야 우리도 자연을 배우자

—「벚꽃은 마술쟁이」 전문

이향영 시인의 시집에는 화자와 청자가 분명하게 나
타난다. 화자이자 발신자는 '엄마'로서의 시인 자신이고 청자, 그러니까 시의 수신자는 '아가'다. 시인은 특히 아빠 없이 엄마 손에서만 길러진 미혼모 가정의 아이들을 '아가'로 호명하는데, 자기 운명을 선택할 수조차 없이 평생 결핍을 안은 채 세상의 편견과 오해를 짊어지고 살아야 할 아이들에게 극진한 감정이입을 하고 있다.

위의 시 「벚꽃은 마술쟁이」에서 시인은 벚꽃의 개화와 낙화를 묘사하며 자연의 순환을 노래한다. 꽃이 오직 혼자의 힘으로 피어날 수 없는 것처럼 나비도 별도다 우주 자연의 수많은 타자들과 관계 맺을 때에야 비로소 날갯짓을 하고, 빛을 뿜을 수 있다는 사실을 아이들에게 귀띔해 준다. 시인이 "아가야 우리도 자연을 즐기자/ 아가야 우리도 자연을 배우자"라고 제안할 때, "흰나비와 분홍 별꽃"이 "친구가 되"는 우주 자연의 신비한 상응이 미혼모, 한부모가정의 아이들, 또 부모 없는 고아들에게 자기 존재의 근원적 고독과 결핍을 따스하게 채우는 위로가 된다. 시인은 아이들이 자연의 상응과 화합 원리인 '아날로지analogy'를 내면화해 타인과 넉넉히 교류하는 성숙한 인격이 되길 소망한다. 이향영 시인의 모든 언어는 '모성'을 원천으로 하고 있기에 설득력이 더욱 강하다.

향기가 부르는 달콤함

고운 미소로 핀

너를 보고 있노라면

나는 참 행복한 사람이지

너무 예쁘고 사랑스러워

보고 있는 내게

너는 달콤함으로 속삭여 주네

참말로 예쁘네, 너무 사랑스럽네

내게 하는 이 말은

그 말을 하는 네가 가슴이 따뜻하고

예뻐서 자기에게 하는 말이지

착한 꽃은 마음이 고와

인사마저 선물로 돌려주네

꽃 앞에 부끄러워

너처럼 곱고 예쁘고 싶어

절로 고개가 숙여지네

사랑하는 우리 아가야
우리도 꽃처럼
사람들에게 치유의 향기를 주는
그런 사람으로 성숙해 가자

—「꽃과 너의 대화」 전문

아리스토텔레스는 『시학』에서 재현의 원리, '미메시스mimesis'를 예술의 방법론으로 제시했다. 이데아인 자연을 흉내 내고 모방함으로써 그 '완전한 미美'의 구성 원리와 체계를 문자, 소리, 그림, 춤 등 다양한 언어로 '재현'해 낼 수 있다고 본 것이다. 아리스토텔레스 이후 시는 재현의 예술이 되었다. 시인들은 오랜 세월 동안 자연, 인간, 삶, 죽음 등 이 세계를 문장으로 재현하면서 눈에 보이지 않는 이데아를 보이는 '이미지'로 모사해 냈다. 시뿐만 아니라 모든 예술이 그러했다. 미메시스는 가장 강력하고 확실한 예술의 방법론이었다.

그러나 근대 이후 도시 문명이 발전하면서 자연은 '순환하는 힘'을 잃어 더 이상 이데아로 존재할 수 없게 되었고, 그렇게 미메시스도 머나먼 추억이 되어 버렸다. 자연은 이제 실제적으로는 존재하지만 상징적으로는 존재하지 않는 세계에 불과하다. 미메시스가 불가능해지자 '재현의 위기'가 닥쳐 왔다. 보드리야르는 전통적 자연이 상실된 세계에서 재현은 불가능한 것이며, 현대사회는 재현의 대상인 오리지널이 아예 없는 가상 공간이라고 말했다. 우리는 가상성의 세계에 살고 있다. 가상성이란 쉽게 왜곡되고 조작이 가능한 신기루에 지나지 않는다. 오늘날 우리 시에서도 미메시스에 대한 믿음이 사라지면서 신기루처럼 내용 없는 형식주의, 경험 없는 자기감정의 절대화가 주도적 경향이 되고 말았다. 대상도, 풍경도, 타자도 없고 때로는 주체마저도 없다. 그래서 공허하다.

워즈워스는 "내 하루하루가 자연의 숭고함 속에 있기를"(「무지개」) 기도했다. 낭만주의 시인들은 자연의 언어를 읽을 수 있었는데, 무지개를 보면 가슴이 뛰는 이유를 알았고, "나무도 땅을 갖고 있"다는 사실을 눈치챘다. 그리고 그 비밀을 언어로 풀어냈다. 시인들은 그 특별한 해독의 체험을 '영감'이라고 불렀다. 자연은 영원하고 완전하기에 영감 또한 마르지 않는 단비처럼 오는 것, 영감에 의한 미메시스는 항구적인 창작 원리로 여겨졌다. 그러나 이제는 영감이 오지 않는 시대, 무지개를 선물로 주던 자연은 빈털터리가 되어 '숭고한 자연'은 이미 사라진 환상에 불과하다. 그런데 어떻게 이향영 시인은 여전히 낭만적 미메시스를 시의 구성 원리로 삼을 수 있는 걸까? 답은 간단하다. 시인이 아직 "별들이 소풍 와서/ 꽃으로 피어 있"(「별이 쏟아진 들판」)는 세계에 살고 있기 때문이다. "할머니 할아버지 사시는/ 고향집"(「테이크 미 홈 컨트리 로드」)에서 경험한 충만했던 행복의 기억이 시인으로 하여금 이 세계를 '자연의 숭고함'이 살아 숨 쉬는 곳으로 계속 믿게 하는 것이다.

위의 시 「꽃과 너의 대화」에서 시인은 "사랑하는 우리 아가야/ 우리도 꽃처럼/ 사람들에게 치유의 향기를 주는/ 그런 사람으로 성숙해 가자"고 말한다. 이향영 시인은 자연을 '치유'의 세계로 인식한다. 도시 사회의 개인주의적 삶이 인간의 표준 존재 양식이 되어 버린 요즘, 특히 코로나 팬데믹으로 사람들 간의 교류와 소통이 단절된 이 시대에는 타인을 향한 혐오와 분리의 감각이 퍼져 나가는데, 시인은 벌과 나비와 햇살과 비와 바람과 성가신 진드기와 병충해까지…… 모든 이질 타자를 넉

넉히 받아들이면서 세상에 '향기'를 발산하는 '꽃'의 성숙한 타자 윤리를 우리들 인간이 내면화할 때, 이 각박하고 삭막한 세상이 비로소 치유의 꽃밭이 될 수 있다고 믿는다.

2. 일상어의 특수한 용법으로서의 시

이 대목에서 글의 방향을 '시어'라는 주제로 잠깐 옮겨 볼까 한다. 시의 언어라는 것이 따로 있는가에 대한 논의는 오래전부터 있어 왔고 여전히 판가름이 잘 나지 않는다. 모든 사람들이 보편적으로 사용하는 음절과 단어를 쓴다는 점에서 시의 언어는 따로 있는 게 아니지만, 같은 모국어를 쓰는데도 시인의 문장과 일반인의 것이 확연히 다르다는 점을 생각하면 또 시의 언어가 따로 있는 것만 같다. 어떤 이는 시의 언어를 주술이나 방언, 음악이라고 말하고, 또 어떤 이는 상상의 언어, 무의식과 상징의 언어라고도 한다. 그러면 또 다른 어떤 이는 우리 생활의 일상어가 곧 시의 언어라고 반박하는 것이다.

이처럼 지난한 문제를 푸는 방법은 의외로 간단하다. 양쪽을 절충하면 된다. 재료는 같으나 용법은 다른 것이 시의 언어라고 하면 그만이다. 벽돌을 가지고 누군가는 담장을 쌓아 올리고 또 누군가는 화분 받침으로 쓴다. 그런데 벽돌을 세우고 눕히고 자르고 거기다 색을 입혀서 근사한 집을 짓는 사람이 있다. 기상천외한 설치미술품을 만드는 사람이 있다. 그 사람이 바로 시인이다. 시의 언어는 따로 있는 것이 아니면서 따로 있는 것이다. 재료를 다루는 방법의 차이가 시와 시 아닌 것을 나누는 만큼 시인을 요리사나 목수, 조각가로 부르는 것은 어쩌면 당연한지 모른다. 이제 우리는 일상어의 특별한 용법이 시의 언어라는, 여전히 모호하면서도 제법 명확한 답을 얻었다.

일상어의 특별한 용법이란 다음과 같다. 우리가 일상적으로 쓰는 일기나 설명문, 광고 글, 보고서, 논술문 등의 목적 지향적이고 설명적인 문장 대신 상투성, 관념, 설명 등을 배제한 은유와 해석, 비유와 묘사의 문장을 사용하는 것이다. 또 각운과 두운 등 압운법을 통해 리듬감과 음악성을 만들어 내는 것이다. 행과 연을 나누어 공명과 여백을 두고 거기서 긴장이 발생하게 하는 것, 최소한의 경제적 운용으로 함축과 절제를 이루는 것 등이 해당된다. 일상어의 특별한 용법은, 단어가 지닌 의미와 감각적 인상의 구체적 성질, 그 파생의 갈래와 범위까지를 가늠하는 능력을 필요로 한다. 또 어떤 단어를 적절한 곳에 가져다 놓는 운용술, 즉 감동과 충격이라는 보편 공감 및 자극을 환기시킬 만한 자리에 그 단어를 배치하는 기술도 요구된다. 여기에는 유일 적정어를 구별하고 선택할 수 있는 감식력이 포함된다.

아가야 사랑하는
우리 아가야

힘이 들 때
하늘을 보자

하늘의 아빠 엄마가
늘 우릴 지켜 주시지

환한 빛을 주시고

죄인과 의인을 가리지 않으시고
계절마다 자연에 고운 옷을 입히시고
꽃과 열매를 주시니
어찌 우리가 기쁘지 않을 수 있겠니

사랑하는 우리 아가야
푸른 소망이 가득한
하늘을 자주 올려다보자

엄마는 행복해
우리 아가 눈에는
사랑 가득 하늘이 열리고
보석처럼 반짝이는 꿈이 있고
아가와 엄마의 희망이
저기 푸른 별이 되어 빛나네

우리 아가의 웃음이 날개 되어
온 우주로 날아오르네

하늘 축제가 우리에게 쏟아지고

아가의 어깨에 날개가 돋네

—「하늘 엄마 아빠」 전문

　이향영 시인의 시집은 일상어의 특별한 용법이 어떻
게 아름다운 시가 되는지를 우리에게 아주 친절하게 보
여 주고 있다. 이향영 시인의 시에는 고루한 관념어나
한자어, 뜻 모를 의성어와 의태어, 어려운 외래어나 중
언부언하는 혼잣말이 잘 보이지 않는다. 대신 우리 일
상과 주변의 흔하고 평범한 언어들이 기둥이 되고 서까
래와 주춧돌, 또 조명과 장식이 되어서 다채로운 매력
과 공감의 집을 이루고 있다.

　위의 시 「하늘 엄마 아빠」는 어떠한가? 어렵고 복잡한
단어나 문장이 단 하나도 없다. "엄마는 행복해"라는 평
범한 입말이 "우리 아가의 웃음이 날개 되어/ 온 우주로
날아오르네"라는 공감각적 상상력과 결합할 때 우리는
일상어가 시로 변하고, 일상적 풍경이 시적 풍경으로
바뀌는 장면과 만나게 된다. 그리고 그 장면들을 따라
가다 보면 '뜻밖의 정경'과 만나게 된다. 따스하고 환한
언어로 속살거리는 문장들이 "죄인과 의인을 가리지 않
으시고/ 계절마다 자연에 고운 옷을 입히시고/ 꽃과 열

매를 주"는 저 하늘나라를 이상향으로 묘사할 때, 그곳이 '죽음'이라는 통과의례를 거쳐야만 닿을 수 있는 '내세'라는 데서 놀라운 시적 반전이 일어난다. 한없이 나긋한 음성으로 희망찬 내일을 노래하던 이향영 시인의 시에 죽음이 환기하는 비장미와 존재론적 철학이 부각되는 것이다.

3. 구체적 체험의 진정성으로 지은 감동의 집

폴 리Paul Lee야
강아지는 엄마를 졸졸
부엌으로 서재로 베란다로
엄마가 가는 곳마다 따라다녔지

쳐다만 봐도 귀엽고 사랑스러운
엄마에게 기쁨 주려고
온갖 노래와 춤으로
엄마를 껌벅 넘어가게도 했지

로스엔젤레스에 살면서
지진이 흔들 때마다 몸이 빠르게
엄마의 손을 찾으며
안전한 집을 찾아 숨던 폴 리야

감당 못 할 지진이 벼락 치던 그날
서재 앞에 있던 폴 리의 집은
천지진동으로 책장이 넘어지고
폴 리야 집 위에 내려앉은 하늘
천국이 보듬어 안은 영혼

폴 리는 엄마의 분신
더는 이 땅에 없는
하늘 존재가 되고
금쪽같은 우리 강아지
폴 리는
엄마의 영원한 그리움이 되었지

하늘 정원에
작은 집 한 채 지어 놓고

엄마의 소명이 끝나고

돌아갈 그곳

그리움이 완성될

폴 리가 기다릴 그집

아름다운 사명이 끝나면

돌아갈 꿈속의 그 집

그리움이 기쁨이 될 그 집

—「어떤 벼락과 그 집」 전문

시인이 "사랑하는 아가야/ 의사의 진단에/ 엄마가 암
에 걸렸대/ 처음엔 멍해져 정신이 나갔지"(「엄마가 암에 걸
렸대」)라고, "저는 몇 개월 전 암 판정을 받았습니다./ 조
금씩 자주 암의 향기가/ 주변으로 퍼져 가는 것을 감지
하고/ 죽음에 대해서 생각하게 되었습니다"(「메멘토 모리」)
라고 고백할 때 독자는 망치로 머리를 얻어맞은 것 같
은 충격을 받게 된다. 시인이 한부모가정 아이들과 고
아들에게 각별한 애정을 보이는 것은 그 자신 '엄마'로
서 아이를 두고 먼저 세상을 떠날 수도 있다는 두려움을
암 투병을 통해 체험한 바 있기 때문이다. 하지만 시인

은 '죽음'을 소멸이나 부재라는 외적 현상으로만 바라보지 않는다. 그것은 독실한 신앙심에 바탕을 둔 '하늘 소망'이 내재화된 까닭이기도 하지만, 자연의 순환 질서를 신뢰하는 시인이 죽음을 이 세계가 아닌 다른 어딘가로 이동하는 한 과정으로 여기는 덕분이다. 시인은 죽음을 "4차원의 세계로 호기심 갖고 여행을 떠나는" 일이라고, "언젠가 다시 만나게 될/ 잠깐의 이별"이라고, "그리하여/ 슬퍼할 이유가 없는 아름다운 것"(「메멘토 모리」)이라고 노래한다.

이러한 죽음에 대한 성숙한 인식이 가장 극적인 언어로 형상화된 작품이 바로 위의 시 「어떤 벼락과 그 집」이다. 이향영 시인은 위 시에 "'Paul Lee'는 제 아들입니다. 1992년 미국에서 고등학교를 졸업하고, 대학을 가기 전 서울대학교에 연수 가서 그곳 기숙사에서 감전사했습니다"라는 각주를 달았다. 시인이 아이들에게 그토록 극진한 연민과 사랑의 시선을 보낸 또 하나의 이유가 바로 여기 있었다. 시인이 죽음을 "다시 만나게 될/ 잠깐의 이별"이자 "엄마의 소명이 끝나고/ 돌아갈 그곳"으로 여기는 것은 저 하늘나라가 "폴 리가 기다릴 그 집"이기 때문이다.

자식을 앞세워 떠나보낸 부모의 심정이 절절하게 담긴 위 시는 눈물 없이는 읽을 수 없다. 구체적 체험의 진정성은 이향영 시인의 시에 나타나는 중요한 특징이다. 감동은 억지로 생겨나는 것이 아니다. 이미지를 잘 만들고 언어를 능란하게 부리는 것만으로 시에 감동이 발생지지는 않는다. 겪지 않은 일을 마치 겪은 것처럼 실감 나게 쓴다고 해도 직접 체험의 구체성만큼은 따라올 수 없다. 그래서 이렇게 말할 수 있을 것이다. '가장 잘 쓰인 시는 감동을 주는 시'라고.

아동문학가 강소천이 1941년에 발간한 동시집 『호박꽃 초롱』에 백석이 쓴 발문 성격의 축시가 있다. 그 시에서 백석은 강소천의 맑고 선한 성품을 노래하는데, 글을 맺으면서 나는 백석의 발문 마지막 문장을 이렇게 고쳐 본다.

'하늘은 풀 그늘 밑에 삿갓 쓰고 사는 버섯을 사랑한다/ 모래 속에 문 잠그고 사는 조개를 사랑한다/ 그리고 또 두툼한 초가지붕 밑에 호박꽃 초롱하고 사는 시인을 사랑한다/ 하늘은 공중에 떠도는 흰 구름을 사랑한다/ 골짜기로 숨어 흐르는 개울물을 사랑한다/ 그리고 또 아늑하고 고요한 시골 거리에서 쟁글쟁글 햇볕만

바라는 시인을 사랑한다/ 하늘은 이러한 시인이 우리들 속에 있는 것을 더욱 사랑하는데/ 이러한 시인이 누구 인 것을 세상은 몰라도 좋으나/ 그러나 그 이름이 이향 영인 것을 송아지와 꿀벌은 알 것이다'.